www.ingramcontent.com/pod-product-compliance
Lightning Source LLC
LaVergne TN
LVHW010413070526
838199LV00064B/5282
* 9 7 8 9 3 5 8 7 2 7 1 5 9 *

رنگ برنگی کہانیاں

(بچوں کی کہانیاں)

مرتبہ:

سید حیدرآبادی

© Taemeer Publications LLC

Rang Birangi KahaniyaaN *(Kids Stories)*
by: Syed Hyderabadi
Edition: May '2024
Publisher :
Taemeer Publications LLC (Michigan, USA / Hyderabad, India)

ISBN 978-93-5872-715-9

مصنف یا ناشر کی پیشگی اجازت کے بغیر اس کتاب کا کوئی بھی حصہ کسی بھی شکل میں بشمول ویب سائٹ پر
اَپ لوڈنگ کے لیے استعمال نہ کیا جائے۔ نیز اس کتاب پر کسی بھی قسم کے تنازع کو نمٹانے کا اختیار
صرف حیدر آباد (تلنگانہ) کی عدلیہ کو ہو گا۔

© تعمیر پبلی کیشنز

کتاب	:	**رنگ برنگی کہانیاں** (بچوں کی کہانیاں)
ترتیب و تدوین	:	سید حیدر آبادی
صنف	:	ادب اطفال
ناشر	:	تعمیر پبلی کیشنز (حیدر آباد، انڈیا)
سالِ اشاعت	:	۲۰۲۴ء
صفحات	:	۵۰
سرورق ڈیزائن	:	تعمیر ویب ڈیزائن

فہرست

(۱)	گڑیا کی شادی	زہرا نگاہ	6
(۲)	طوطے کے بچے	ذکیہ مشہدی	9
(۳)	بھونرا	سیدہ فرحت	15
(۴)	بارش	واجدہ تبسم	19
(۵)	آل انڈیا خرگوش کانفرنس	رام لعل	28
(۶)	دوستی	مناظر عاشق ہرگانوی	33
(۷)	چڑیوں کے پنکھ	انجم قدوائی	40
(۸)	میلی کتاب کی اجلی کہانی	سلمیٰ جیلانی	44
(۹)	آزادی کا گمنام سپاہی بطخ میاں	ناصرہ شرما	47

گڑیا کی شادی

زہرا نگاہ

علی زے ایک بہت پیاری بچی ہے۔ اس کے پاس ایک گڑیا ہے۔ دیکھنے کے لائق۔ علی زے اپنی گڑیا سے بہت پیار کرتی ہے۔ ایک دن اس نے سوچا کیوں نہ میں اپنی گڑیا کی شادی کر دوں۔ کل جمعہ ہے۔ جمعے کا دن اچھا رہے گا۔ سب سے پہلے علی زے اپنی آپا کے پاس گئی اور بولی:

"آپا! کل میری گڑیا کی شادی ہے۔ آپ ضرور آیئے۔"

آپا نے کہا: "میں ضرور آتی مگر کل تو مجھے سچ مچ ایک شادی میں جانا ہے۔"

علی زے کے دونوں بھائی علی اور باچھو جب اسکول سے آئے تو علی زے نے ان سے کہا: "کل میری گڑیا کی شادی ہے۔ آپ دونوں ضرور آیئے۔"

دونوں خوب ہنسے۔ بولے: "بھئی، کل تو ہم کرکٹ کھیلنے جا رہے ہیں۔"

علی زے نے اپنی سہیلیوں ربیعہ اور مریم سے کہا۔ وہ دونوں جمعہ کو اپنی خالہ کے گھر جا رہی تھیں۔

پھر علی زے نے سوچا، چھوٹے شایان کو بلاؤں۔ شایان علی زے کا خالہ زاد بھائی تھا اور دوست بھی تھا۔ مگر شایان اس وقت گھر پر نہیں تھا۔

اب تو علی زے بہت پریشان ہوئی۔ مگر کیا کرتی۔ صبح صبح اٹھ بیٹھی۔ اپنے تمام کھلونے سجائے۔ گڑیا کو اچھے اچھے کپڑے پہنائے اور خود ہی اپنی گڑیا کی شادی میں شامل ہو گئی۔

تھوڑی دیر بعد کیا دیکھتی ہے کہ اس کی گڑیا کی شادی میں بہت سے مہمان آ رہے ہیں۔ بھالو، طوطا، گرگٹ، جھینگر اور جگنو میاں۔ یہ سب تحفے بھی لائے تھے۔ بھالو کے خالو بھی آئے ہوئے تھے۔ وہ ایک بہت خوبصورت صندوق لائے تھے۔ گرگٹ بندے لایا تھا جو ہلانے سے چمکتے تھے اور تو اور جھینگر گڑیا کے لئے دوشالہ لایا تھا اور طوطا وہ اپنا پو تا ساتھ لایا تھا اور گڑیا کے لئے ایک چھوٹی سی بندوق لایا تھا۔ رہے جگنو میاں، تو ان کی کیا بات تھی۔ وہ چمک چمک کر گڑیا کے چاروں طرف ناچ رہے تھے اور گا رہے تھے۔

علی زے بہت خوش ہوئی۔ ساری اداسی غائب ہو گئی۔ کیسی اچھی شادی ہو رہی تھی۔ یکایک دروازہ زور سے کھلا۔ علی زے کی آنکھ کھل گئی۔ آپا، دونوں بھائی، ربیعہ مریم سب لوگ آ گئے تھے۔ ان سب کے ہاتھوں میں اپنے اپنے تحفے تھے۔ آپا نے کہا:

"دیکھو، میں ان سب کو لے کر آئی ہوں جن کو تم بلانا چاہتی تھیں۔ تھوڑی دیر ضرور ہو گئی۔ یہ لو میں تمہاری گڑیا کے لئے صندوق لائی ہوں۔"

بھیا بولے: "اور میں بندوق، یہ چھوٹی سی۔"

چھوٹے بھائی نے کہا: "یہ لو بندے، ہلانے سے چمکتے ہیں۔"

ربیعہ اور مریم بولیں: ہم تمہاری گڑیا کے لئے دوشالہ لائے ہیں۔" اتنے میں

شایان بھاگتا ہوا آیا اور اس کے پاس ایک چھوٹی سی لالٹین تھی وہ گڑیا کے چاروں طرف ناچ ناچ کر گانے لگا:

علی زے نے گڑیا کی شادی رچائی

شادی کی دعوت سب کو کھلائی

بھالو کا خالو صندوق لایا

طوطے کا پوتا بندوق لایا

جھینگر کی اماں نے بھیجا دو شالہ

بندے لے آیا گر گٹ بے چارہ

علی زے نے گڑیا کی شادی رچائی

***

طوطے کے بچے

ذکیہ مشہدی

اسکول میں چھٹیاں ہوتیں تو فرحان کبھی کبھی نانا کے یہاں آجاتے تھے۔ نانا گاؤں میں رہتے تھے۔ فرحان کو وہاں بہت مزہ آتا تھا۔ بڑا سا کھلا کھلا سرخ ٹائلوں والا گھر تھا۔ گھر کے پیچھے کافی وسیع باغ۔ سامنے بھی پھولوں کی کیاریاں تھیں۔ پھول آنکھوں کو کیسے بھلے لگتے ہیں۔ تھوڑے سے بھی ہوں تو ماحول بدل جاتا ہے۔ جی اپنے آپ ہی خوش ہو جاتا ہے۔ پھر رجّن بھی تھا۔ وہ فرحان کو گاؤں بھر میں گھماتا پھرتا۔ تالاب میں سنگھاڑے کی بیلیں۔ کھیت میں گنّے اور چنا مٹر۔ آگ میں بھنی ہوئی شکر قند۔ گنے کے رس کو کڑھاؤ میں ابال کر بنتا ہوا گڑ۔ کئی بار دیکھنے کے بعد بھی یہ ساری چیزیں بہت اچھی لگتی تھیں۔ ہوا میں انوکھی فرحت محسوس ہوتی تھی۔

رجّن نانا کے منشی جی کا بیٹا تھا۔ منشی جی گھر کے سارے کاموں کا انتظام دیکھتے۔ باغ کے آموں کی فصل پکواتے۔ کچھ زمینیں تھیں ان کا حساب رکھتے۔ باغ کے اگلے سرے پر نانا نے ان کے لئے دو کمروں کا چھوٹا سا گھر بنوا دیا تھا۔ اس میں بر آمدہ، باورچی خانہ اور بیت الخلا سب ہی کچھ تھا۔ رجن کو نانا اسکول میں پڑھوا رہے تھے۔

اس مرتبہ فرحان نانا کے گھر آئے تو انہوں نے باغ میں گھومتے ہوئے ایک نئی

چیز دیکھی۔ آم کے درخت کے تنے میں ایک کوٹر (چھوٹی سی کھو کھلی جگہ) بن گیا تھا۔ اس میں سے ایک بڑا خوبصورت طوطا گردن نکال کر جھانک رہا تھا۔ فرحان کو وہ بہت پیارا لگا۔ جیسے کوئی کھڑکی میں سے جھانک رہا ہو۔ وہ منہ اٹھا کر اسے دیکھنے لگے۔ طوطے نے جھٹ سے گردن اندر کرلی۔

"یہاں طوطا تھا"۔ فرحان نے رجّن سے کہا۔

"طوطے کا گھر"۔

"ہاں۔ مطلب اس کا گھونسلہ۔ اس نے بچے نکالے ہیں، اور بے وقوف وہ طوطی ہے۔ ان بچوں کی ممی"۔

"ہاہاہا۔ طوطوں کی ممی۔ فرحان کو بہت مزہ آیا۔ سب جانوروں کی، پرندوں کی ممی تو ہوتی ہی ہیں۔ ممی نہیں ہوں گی تو بچے پالے گا کون"۔ لیکن گھونسلہ تو پیڑ پر ہونا چاہئے۔ بیل کے درخت پر کوے نے گھونسلا بنا رکھا تھا۔ انہوں نے کہا۔ رجّن فرحان کو گاؤں میں گھماتا تو خوب تھا لیکن کبھی کبھی شہری بابو کہہ کر چڑھاتا بھی تھا۔ اس وقت بھی اس نے چڑھایا۔

"ارے شہری بابو، طوطے زیادہ تر کسی کھوکھلی جگہ جیسے پیڑ یا پہاڑی کے کوٹر میں گھونسلا بناتے ہیں۔ اس میں انڈے دے کر انہیں سیتے اور بچے نکالتے ہیں۔ ہم اس طوطے کو شروع سے دیکھ رہے ہیں۔ کوٹر میں بچے نکل چکے ہیں۔ اب تو کچھ بڑے ہوئے ہوں گے"۔

فرحان نے تالی بجائی۔ "ہم انہیں دیکھیں گے۔ طوطے کے بچے۔ آہا کتنے پیارے لگیں گے"۔

"ابھی باہر نہیں آتے۔ کیسے دیکھوگے"۔ رجن نے کہا۔

"کوٹر زیادہ اونچائی پر نہیں ہے۔ اس کے پاس موٹی سی شاخ بھی ہے۔ ہم اس پر چڑھ کر بچے دیکھیں گے"۔ گاؤں میں برابر آتے رہنے کی وجہ سے فرحان کو پیڑ پر چڑھنا آتا تھا۔ دراصل رجن نے ہی سکھایا تھا۔ وہ تو بندر کی سی پھرتی سے کسی بھی پیڑ پر چڑھ جاتا تھا۔

"بچوں کی ممی ناراض ہو گئی تو تمہیں کاٹ لے گی"۔ رجن نے ڈرایا۔

اس وقت بات آئی گئی ہو گی لیکن فرحان کے دل میں طوطے کے بچے دیکھنے کا خیال بنا رہا۔ تیسرے دن فرحان کی چھٹیاں ختم ہو رہی تھیں۔ اب پھر نہ جانے کب چھٹیاں ہوں گی۔ اس لئے دوپہر میں وہ چپکے سے باغ میں نکل گئے۔ سر اٹھا کر دیکھا۔ طوطا۔۔۔ نہیں طوطی۔۔۔۔ پھر آدھا جسم نکال کر جھانک رہی تھی۔ پھر وہ اڑ گئی۔ فرحان بہت خوش ہوئے۔ اچھا ہے بچے اکیلے مل جائیں گے ورنہ ان کی ممی کاٹ لیتی۔ وہ احتیاط سے پیر جما جما کر درخت پر چڑھ گئے۔ کوٹر میں جھانکا۔ کچھ ہرے ہرے پروں سے ڈھکے ننھے ننھے بچے دکھائی دیئے۔ شروع سے زیادہ تر پرندوں کے بچوں کے جسم پر، پر نہیں ہوتے۔ گوشت کے لوتھڑے سے دکھائی دیتے ہیں۔ کچھ بڑے ہوتے ہیں تبھی پر نکلتے ہیں۔ یہ بچے اتنے بڑے ہو گئے تھے کہ ان پر پنکھ آ گئے تھے۔ بہت ہی پیارے لگے۔ فرحان کا جی چاہا انہیں ہاتھ میں لے کر دیکھیں۔ تبھی غصے سے ٹیں ٹیں کرتا طوطا ان کے سر پر منڈلانے لگا۔ فرحان نے جلدی سے ہاتھ ہٹایا۔ چہرہ دوسری طرف کر لیا۔ یہ ضرور وی ہے۔ بچوں کی ممی۔ انہوں نے گھبراہٹ میں سوچا اور جلدی سے پھسل کر اتر آئے۔ دیکھا طوطا ان کے سر پر اب

بھی منڈلا رہا ہے۔ وہ بگٹٹ بھاگے۔ اپنے گھر کے بجائے رجّن کے گھر کا رخ کیا۔ اپنے گھر میں داخل ہوتے تو گھبر اہٹ کی وجہ بتانی پڑتی۔ جلدی میں اترتے ہوئے کچھ خراشیں آگئی تھیں۔ ان کی وجہ بھی بتانی پڑتی۔ اچھی طرح ڈانٹ پڑتی۔ پیڑ پر چڑھنے کے لیے مما ہمیشہ منع کرتی تھیں۔ نانا بھی منع کرتے تھے۔

رجّن گھر پر ہی تھا۔ وہ بہت ہنسا۔ اسے شرارت سوجھی۔

"پتہ ہے تمہیں طوطوں کی ممی نے پہچان لیا ہے۔ اب وہ تمہارا پیچھا کرے گی"۔

"فرحان ڈر گئے۔ تب کیا کریں"۔

"ایسا کرو تم اپنے کپڑے بدل لو۔ تب طوطا تمہیں نہیں پہچان سکے گا"۔

"لاؤ اپنے کپڑے"۔ فرحان راضی ہو گئے۔

"ہمارے پاس صرف تین شرٹ ہیں۔ ایک کو ممی نے صابن ڈال کر بھگو رکھا ہے۔ ایک ہم نے پہنی ہے۔ تیسری تمہیں پہنا دی تو ابھی نہا کر کیا بدلیں گے"۔

"تب؟" فرحان سخت پریشان ہو گئے۔

"ایک طریقہ ہے۔ تم بابو جی کی شرٹ پہن کر چلے جاؤ۔ اپنے کپڑوں کے اوپر ہی ڈال لینا"۔ جان تو بچے گی۔ اب گھر پر جو بھی ہو۔ وہاں ڈانٹ پڑے گی۔ کوئی طوطا تو نہیں کاٹے گا۔ سوچ کر فرحان راضی ہو گئے۔ رجن نے منشی جی کی قمیص نکال کر فرحان کو پہنچا دی۔ منشی جی لمبے چوڑے آدمی تھے۔ نو سال کے فرحان تو ان کی شرٹ میں جیسے ڈوب ہی گئے۔ بالکل پیروں تک آگئی۔ مسخروں جیسے حلیے میں انہوں نے پورا باغ پار کیا اور گھر میں داخل ہوئے۔ رجّن کچھ دور تک ساتھ آیا، پھر

جھٹکے سے پلٹ گیا۔

ممی سامنے ہی کھڑی ٹوکری میں پھل دیکھ رہی تھیں جو نانی نے دیئے تھے۔ شام کو واپس جانا تھا۔ یک دم سے فرحان پر نظر پڑی تو گھبرا گئیں۔ "ارے مما ۔۔۔۔ ہم ہیں۔ ہم فرحان"۔ ممی کی گھبراہٹ دیکھ کر وہ جلدی سے بولے۔

"یہ کیا حلیہ بنا رکھا ہے۔ اور یہ قمیص تو منشی جی کی ہے"۔ ممی نے ٹوکری الگ رکھ کر پوچھا۔

مجبوراً فرحان نے پوری کہانی سنائی۔ وہ ابھی تک وہی قمیص پہنے کھڑا تھا۔ تبھی نانا بھی آ گئے۔ باورچی خانے سے روٹی پکاتی قمرن بوا نے جھانکا اور ہنسی سے لوٹ پوٹ ہو گئیں۔ توے پر روٹی جل اٹھی۔ نانی نے مینا پال رکھی تھی، اس نے شور مچایا "کون ہے، کون ہے!"

پیچھے کچھ رک کر رجّن بھی آ گیا تھا۔ وہ خوب قہقہے لگا رہا تھا۔ "ارے بابو جی کی شرٹ تو اتارو۔" اس نے قمیص اتروائی۔

"مما، ہم اگلی بار نانا کے یہاں آئیں گے تب بھی طوطوں کی ممی ہمیں پہچان کر سر پر ٹھونگ لگائے گی؟" فرحان نے پوچھا۔

لوگ پھر ہنس پڑے۔ "نہیں تب نہیں پہچانے گی۔ بھول چکی ہو گی۔" نانا نے کہا۔

مگر رجّن ٹپ سے بول پڑا۔ "ممی نہیں پہچانے گی لیکن تب بچے تمہیں پہچان لیں گے۔ تینوں مل کر تمہیں ٹھونگ لگائیں گے"۔

فرحان روہانسے ہو گئے۔

نانا نے ہنس کر کہا،"بے وقوف، رجّن تمہیں چھیڑ رہا ہے لیکن ہاں، پرندوں کو پریشان نہیں کرنا چاہئے۔ بلکہ کسی بھی جانور کو پریشان نہیں کرنا چاہئے۔ انہیں بھی چین سے رہنے کا حق ہے۔ وہ ہمارے ماحول کا بہت ضروری حصہ ہیں۔

***

بھونرا

سیدہ فرحت

آج ننھی کنول کو زکام ہو گیا تھا۔ بات یہ ہوئی کہ سردی بہت تھی اور کنول کو پانی میں کھیلنا بہت اچھا لگتا تھا۔ گھر میں امی اور نرسری میں آنٹی بہت منع کرتیں، بہت روکتیں آنٹی نرسری میں سمجھاتیں، مگر ربر کے غباروں میں پانی بھر کر اس کا فوارہ بنانا، اسے دوسروں پر پھینکنا اور پانی کے سارے کھیل اسے بہت اچھے لگتے تھے اور ننگے پاؤں گھومنے میں تو اسے بہت ہی مزہ آتا تھا۔ بس پھر اسے زکام ہو گیا۔ ناک سے پانی۔ آنکھوں سے پانی۔ آنکھیں لال۔ "آچھیں" کھوں، کھوں اور پھر بخار بھی ہو گیا۔ اب وہ نرسری کیسے جاتی۔ تو اسے چھٹی کرنی پڑی۔

گھر پر اکیلے لیٹے لیٹے اس کا جی بہت گھبرا رہا تھا۔ امی گھر کے کام میں لگ گئی تھیں بہن بھائی سب اپنے اپنے اسکول چلے گئے تھے اور ابا اپنے دفتر۔ پڑوس کے بچے بھی سب اپنے اپنے اسکول جا چکے تھے اور باہر گلی میں کھیلنے پر امی بہت خفا ہوتی تھیں۔

جب لیٹے لیٹے اس کا جی گھبرایا تو وہ چپکے سے اٹھی اور گھر کے سامنے چھوٹے سے باغیچے میں چلی گئی اور آہستہ آہستہ اپنی گیند سے کھیلنے لگی۔ مگر اکیلے کب تک

کھیلتی۔ بس اس کا دھیان پھولوں پر ادھر سے ادھر اڑتی تتلیوں کی طرف چلا گیا۔ رنگ برنگی تتلیاں، لال پیلی نیلی تتلیاں، پھولوں پر ناچتی پھر رہی تھیں۔ وہ ایک تتلی کے پیچھے بھاگ رہی تھی کہ اس کی نظر ایک بھونرے پر پڑ گئی۔

بھن بھن کرتا کالا کلوٹا بھونرا جلدی جلدی ایک پھول سے دوسرے پھول پر اور دوسرے سے تیسرے پر اڑتا پھر رہا تھا۔ جب وہ کسی پھول پر بیٹھتا تو پھول کی پتلی سی ڈنڈی جھولنے لگتی۔ ننھی کنول تھوڑی دیر بھونرے کو غور سے گھورتی رہی اور پھر جیسے کوئی اپنے آپ سے بولنے لگے، اس نے بولنا شروع کر دیا۔

"میاں بھونرے۔ میاں بھونرے۔ تم اتنے پریشان کیوں ہو؟ اور تم اتنے کالے کلوٹے کیوں ہو؟ یہ سب تتلیاں تو کتنی رنگ برنگی اور سندر ہیں؟"

ننھی کنول ایک آواز سن کر ایک دم چونک پڑی۔

"کیا تم میری کہانی سنو گی؟" اس نے پھر وہی آواز سنی اور پھر اسے یقین ہو گیا کہ یہ بھونرے کی ہی آواز ہے۔ بھونرا بھن بھن کر رہا تھا اور اسی میں سے یہ آواز آ رہی تھی۔

"کیوں!" کیا تمہاری کوئی کہانی ہے؟" کنول نے حیرت سے پوچھا۔

"ہاں سنو! بھونرے نے جواب دیا۔ میں ایک دیس کا راجہ تھا۔ یہاں سے بہت دور دیس کا۔ مجھے سونے چاندی ہیرے موت سے بڑا پیار تھا۔ میرا محل سونے کا تھا۔ اس میں چاندی کے دروازے تھے، ہیرے موتی کے پردے تھے۔ میں سونے چاندی کے برتنوں میں کھاتا پیتا تھا۔ ایک دن میں نے اپنے باغ میں ٹہلتے ہوئے سوچا۔ یہ پھول، پتے، ہری ہری گھاس سب سوکھ کر کوڑے کا ڈھیر بن جاتے ہیں اور

ہاں مجھے چڑیوں کی چوں چوں، کبوتروں کی غٹر غوں کا شور بھی اچھا نہیں لگتا تھا۔ بس میں نے ایک دم حکم دیا۔ یہ سارے باغ اجاڑ دیئے جائیں۔ پھول پتے نوچ کر پھینک دیئے جائیں۔ چڑیوں کو مار دیا جائے۔ باغ میں سونے چاندی کے پھولوں کے پودے لگائے جائیں، ان میں سونے چاندی کی گھنٹیا باندھی جائیں۔"

"بس میرا حکم ہونے کی دیر تھی۔ تمام باغ اجڑ گئے۔ چڑیاں مر گئیں۔ تتلیاں بھاگ گئیں اور جگہ جگہ سونے چاندی کی گھنٹیاں لگا دی گئیں۔ مگر اس کے بعد کیا ہوا۔ یہ مت پوچھو!"

"کیا ہوا"؟ کنول نے حیرت سے پوچھا۔

"میرے دیس کے بچے جو باغوں میں کھیلتے پھرتے تھے، تتلیوں کے پیچھے دوڑتے پھرتے تھے، چڑیوں کے میٹھے گیت سنتے تھے وہ سب اداس ہو گئے اور پھر بیمار ہو گئے۔ اب پڑھنے لکھنے میں ان کا دل نہ لگتا تھا۔ اس لئے بچوں کے ماں باپ پریشان ہو گئے۔ وہ مجھ سے ناراض ہو گئے۔ انہیں بہت غصہ آیا اور ایک دن دیس کے سارے بچوں نے اور ان کے ماں باپ نے میرے محل کو گھیر لیا۔ مجھے محل سے نکال دیا۔ میرے سارے بدن پر کالک مل دی۔ انہوں نے کہا تم نے ہمارے دیس کو اجاڑ دیا ہے۔ ہمارے بچوں کو دکھی کر دیا ہے۔ انہیں بیمار ڈال دیا ہے۔ تمہارا سارا سونا چاندی ہمارے کس کام کا ہے۔ جاؤ۔ یہاں سے چلے جاؤ۔ باغ کی روٹھی ہوئی بہاروں، پھولوں، کلیوں، ہری ہری گھاس اور جھومتے پودوں کو لے آؤ ان سب ناچتی گاتی چڑیوں اور رنگ رنگیلی تھرکتی تتلیوں کو لاؤ جنہیں تم نے دیس سے بھگا دیا ہے۔ ان سب کو منالاؤ تو اس دیس میں آنا۔

"بس اسی دن سے میں روٹھے پھولوں، کلیوں اور تتلیوں کو مناتا پھر رہا ہوں — میں تمہارے اس ہرے بھرے دیس میں پھولوں، پتوں اور ہری ہری گھاس کی خوشامد کرتا پھر رہا ہوں۔ ننھی کنول! کیا تم ان سے میرے دیس چلنے کے لئے کہہ دو گی۔ اب مجھے پھولوں، پتوں، کلیوں، تتلیوں، چڑیوں سب سے بہت پیار ہو گیا ہے۔"

ننھی کنول کی امی کو جب اپنے کام سے ذرا چھٹی ہوئی تو وہ اسے دیکھنے اس کے بستر کے پاس آئیں اور جب وہ وہاں نہ ملی تو وہ سیدھی باغ میں پہنچیں۔ انہوں نے دیکھا کہ کنول پھولوں کی اک کیاری کے پاس دھوپ میں لیٹی سو رہی ہے اور ایک بھونرا اس کے پھول جسے لال لال کلے کے پاس بھن بھن کرتا ہوا اڑ رہا ہے۔

***

بارش

واجدہ تبسم

جاڑوں کے دن تھے۔۔۔ چنو میاں چھٹیوں کے ایک نہ دو پورے پندرہ دن خالہ بیگم کے ہاں گزار کر آئے تو بس پوچھئے نہیں کیا حالت تھی۔ ہر بات میں خالہ بیگم کے گاؤں کا ذکر۔

"اجی جناب۔۔۔ آپ نے دیکھا ہی کیا ہے۔ گاؤں میں تو ہم نے وہ دیکھا جو آپ عمر بھر کہیں نہ دیکھ سکیں۔"

بات پیچھے کان کا یہی کہنا تھا بس۔۔۔ قسم اللہ کی طبیعت بیزار ہوگئی ان کی شیخی سے۔ مگر ہم بھی کسی سے کیا کم تھے؟ ان کی ہر بات کو اس مزے سے کاٹ دیئے کہ بس وہ بے چارے مونہہ تکتے کہی رہ جاتے۔ ہم دل ہی میں خوب ہنستے کے اچھا الو بنایا۔

مگر ایک دن بڑی مصیبت ہوگئی۔۔۔ چنو بھائی ایک سال گاؤں میں کھائے ہوئے کھانوں کے ذکر خیر پر تل گئے۔۔۔ طرح طرح کے کھانوں کے نام لئے جارہے تھے اور ہم بڑی بے چارگی سے بیٹھے سنے جارہے تھے ایک دم کبے بی نے مجھے ٹھوکا دیا۔

"تو بولتی کیوں نہیں ری۔۔۔ تجھے تو ایک سے ایک بڑھیا کھانے پکانے آتے ہیں نا۔۔۔"

یہ بات تو سچ تھی کہ مجھے ایک سے ایک بڑھیا کھانے پکانے آتے تھے، مگر چنو بھائی اپنی ریل گاڑی (میرا مطلب ہے باتوں اور گپوں کی ریل گاڑی) روکتے تب ہی کہتی نا۔۔۔؟ مگر وہ تو فل اسپیڈ پر چلے جا رہے تھے۔

"اور جی سنا آپ نے خالہ بیگم کے ہاں ہم نے بوٹ پلاؤ بھی کھایا۔۔۔ اس مزے کا کہ بس پوچھئے نا۔۔۔"

بے بی نے اور میں نے ذرا حیران ہو کر ایک دوسرے کی طرف دیکھا پھر بھی ذرا جل کر بولی۔

"کیا کھایا تھا۔۔۔؟"

"بوٹ پلاؤ۔۔۔ بوٹ پلاؤ۔۔۔ سمجھیں۔۔۔؟ اور کبھی تم نے کھایا بھی ہے۔۔۔ ارے صاحب بوٹ پلاؤ تو بس کچھ یاسمین کو ہی پکانا آتا ہے۔ آپ کیا جھک ماریں گی بھلا۔"

میں سر سے پاؤں تک پوری کی پوری جل گئی۔۔۔ ای۔ ای کر کے زبان چڑا کر بولی "مونہہ بڑے آئے یاسمین کے سگے۔ ایک سالن تو ڈھنگ کا نہیں پکاتی۔ خواہ مخواہ تعریف کر رہے ہیں کہ ہم جلیں۔ مگر یاد رکھئے ہم نہیں جلنے والے۔ ہم کون اس سے کم ہیں!"

چنو بھائی سنجیدہ ہو کر بولے "اللہ قسم بھئی ایسے بڑھیا کھانے پکانے لگی ہے کہ تم کھاؤ تو بس انگلیاں چاٹتی رہ جاؤ۔۔۔ اور قسن ہے وہ بوٹ پلاؤ تو ایسا لذیذ تھا کہ آج

بھی یاد آتا ہے تو جی چاہتا ہے کہ اڑ کر گاؤں پہنچ جاؤں۔ میں چڑ کر بولی۔ "موئے نا اصل پلاؤ کے لئے نکھیوں کی طرح اڑنا چاہ رہے ہو۔۔۔ چھی۔۔۔!"

اس بات پر چنو بھائی بری طرح جل گئے۔۔۔ بولے۔

ایسی ہی بڑی پکانے والی بی بی ہے تو پھر مجھے کھلاتی کیوں نہیں؟"

اب تو مجھے بھی تاؤ آ گیا بھیک کر بولی اور کیا سمجھتے ہیں آپ۔۔۔ لیجئے آج شام کو ہی کھائیے۔"

"ہاں۔" وہ خوش ہو کر بولے۔ "آج کل بوٹ کا سیزن بھی تو ہے۔"

میں نے ان کی طرف کچھ حیرت سے دیکھا۔ مونہہ۔ بوٹ کا سیزن! بوٹ کا سیزن کیا بات ہوئی بھلا؟ سارا سال ہی بوٹ پہنے جاتے ہیں۔ کچھ ایسا تو ہے نہیں کہ لوگ جاڑوں میں بوٹ پہنتے ہوں اور گرمیوں میں اٹھا کر رکھ دیتے ہوں پاگل ہیں چنو بھائی بھی اور جناب میں نے کل بالکل طے کر لیا کہ بس اب شام کی تیاری ابھی سے شروع!! چنو بھائی جاتے جاتے بول گئے۔

"مگر دیکھو بھئی ہرا بوٹ ہونا چاہئے۔۔۔ پیلے اور سوکھے مارے بوٹ کا پلاؤ اچھا نہیں بن سکتا۔"

اے لو۔ یہ نئی مصیبت سر تھوپ گئے۔ اب ہم ہرا بوٹ کس کا ڈھونڈتے پھریں۔۔۔؟ پہلی بات تو بوٹ چرا کر پلاؤ پکانا ہی خطرے سے خالی نہ تھا، اوپر سے بوٹ بھی ہرا۔۔۔! ہونہہ۔۔۔ خیر صاحب۔ وہاں سے اٹھے تو ایک ایک کے کمروں میں گھومتے پھرے۔ بھائی کے بوٹ تو بہت بڑے بڑے تھے۔ اتنے بڑے بوٹ کا پلاؤ تو ساری برات کو کافی ہو جاتا، ہمیں تو ذرا پکانا تھا بس۔ ابا جان کے بوٹ تو اس سے

بھی کچھ سوا تھے۔ کچھ سمجھ میں نہیں آرہا تھا کہ کریں تو کیا کریں۔ دو تو بج ہی چکے تھے اور پھر چنو بھائی ندیدے تو شام کے سات بجے ہی کھانے پر پل پڑتے تھے۔۔۔ بھئی پانچ گھنٹے میں آخر کیا ہو سکتا تھا۔۔۔؟ جلدی جلدی تلاش شروع کر دی اور جناب منزل تک پہونچ ہی گئے۔

بقر عید میں بہت کم دن رہ گئے تھے نا۔۔۔ اس لئے ابا جان سبھوں کے لئے جوتے لے آئے تھے۔ بلو کے کمرے میں ایک بہت خوبصورت مخملیں ہرا بوٹ رکھا ہوا تھا۔ نرم نرم اور بہت اچھا یقیناً اس کا پلاؤ بے حد لذیذ بنے گا۔۔۔ اور جناب ہم سب کچھ طے کر کے وہ بوٹ اپنے کمرے میں اٹھا لائے۔ پہلے تو اتنا پیارا بوٹ کاٹتے ہوئے بہت دل دکھا، مگر پھر سوال یاسمین کا تھا۔ ورنہ چنو بھائی تو صاف کہہ جاتے کہ "ہونہہ پکانا ہی نہ آتا ہوگا، چپ بہانے تھے کہ بوٹ کاٹنے کو جی نہ چاہا۔"

لیجئے بسم اللہ کہہ کر کاٹ ہی دیا۔ بھائی صاحب کے شیونگ بکس سے تیز ریزر تو پہلے ہی حاصل کر لیا تھا، جلدی جلدی دونوں بوٹ کے ٹکڑے ٹکڑے کر ڈالے۔۔۔!

نصیبن بوا کو آتے ہی مرچ مصالحہ تیار رکھنے کو کہہ دیا تھا۔ وہ کب کا سارا سامان رکھ کر اپنے گھر جا چکی تھیں۔۔۔ باورچی خانے میں ہو کا عالم تھا۔ بس اپنا ہی راج تھا۔ میں، بے بی، افروز، شہنو، سب کے سب باورچی خانے پر پل پڑے۔۔۔ تھوڑی ہی دیر میں وہاں بڑی گھما گھمی نظر آنے لگی۔ افروز چاول دھونے بیٹھ گئی۔۔۔ شہنو گھی، تیل مصالحے لا لا کر مجھے دینے لگی۔۔۔ پلاؤ بڑے زور شور سے پکنے لگا۔

بھئی ایمان کی بات تو یہ ہے کہ گھر پر بھی اور اسکول میں بھی، بارہا ہم نے

پکوان پکائے تھے، مگر جہاں تک بوٹ کا پلاؤ پکانے کی بات تھی، وہ ہم آج پہلی دفعہ ہی پکا رہے تھے، اس لئے ذرا گھبراہٹ بھی طاری تھی اور ستم یہ کہ ابھی ابھی نامراد چنو بھائی کہہ گئے تھے کہ چوں کہ بوٹ پلاؤ بار بار نہیں پکتا اور کھانے لائق چیز بھی ہے، اس لئے انہوں نے اپنے دو چار دوستوں کو بھی بلوالیا ہے۔!!

"ہے ہے مر گئے۔" میں جگر تھام کر چلائی۔

"ہوا کیا؟" سب دوڑی دوڑی آئیں۔

"بھئی اللہ ہم نے تو بس ایک سیر چاول لئے تھے۔ انہوں نے تو اپنے چٹورے دوستوں کو دعوت دے ڈالی ہے۔ وہ تو سارا کا سارا پلاؤ پار کر جائیں گے اور پھر بوٹ تو ایک ہی کاٹا تھا ہم نے!!"

بڑی دیر بعد فیصلہ ہوا کہ ہرا بوٹ نہیں تو نہ سہی، پیلا یا سوکھا مارا ہی کسی کا اٹھا لے آئیں۔ پھر سے جناب ہم سب لڑکیاں کمروں کی طرف دوڑیں۔ ایک سے ایک سڑیل بوٹ دیکھنے میں آرہا تھا۔۔۔ کسی کے تلے گھسے ہوئے۔ کسا کا اوپر کا حصہ غائب۔۔۔ کسی کی ایڑی ہی سرے سے ندارد تھی تو کوئی عین مین پھاڑ کر جمائی لیتا نظر آرہا تھا۔۔۔ بڑی دیر کی تلاش کے بعد چنو بھائی کا ہی ایک بوٹ چنا گیا۔ اچھا نیا نیا بوٹ تھا بدنصیب۔۔۔ اور غالباً وہ بھی عید کی تیاری میں خریدا گیا تھا۔

بڑی مشکل سے اس کے ٹکڑے کئے گئے اور پوری پلٹن پھر سے باورچی خانے میں داخل ہوگئی۔ میں چونکہ سب میں بڑی تھی۔ (بڑی بھی تھی تو یہی ساڑھے سات آٹھ سال کی!) اس لئے سارے کام میری نگرانی اور میری ذمہ داری پر طے ہو رہے تھے۔۔۔ اور اپنے اس اعزاز پانے پر میں بے حد خوش تھی اور خواہ مخواہ ہر

ایک کو ڈانٹ ڈپٹ کر رہی تھی۔

بہر حال جناب میں نے بوٹ کے ٹکڑے ایک برتن میں صاف پانی لے کر خوب دھوئے اور پہلے انہیں الگ سے تل۔ اب بار دیکھتی ہوں کم بخت ذرا بھی گلتے۔۔۔ خیر ہم نے سمجھ لیا کہ چاولوں کو جب دم پر رکھیں گے تب بھاپ میں یہ بھی گل جائیں گے۔۔۔ ایک بار ایسے ہی تو سبزی پلاؤ پکاتے میں گاجریں ذرا کچی رہ گئی تھیں، کہ پھر چاولوں کے ساتھ بھاپ میں گل گئی تھیں۔۔۔!

بوٹ پلاؤ کے ساتھ کھانے کو میں نے دہی کا اہتمام بھی کر لیا۔ کیوں کہ آپ جانیں پلاؤ تو بغیر دہی کے بالکل ہی بے مزہ اور بے کار چیز بن جاتا ہے۔ اب جناب ایک بڑے سے کٹورے میں گھی، لونگ، سیاہ مرچ اور الائچی ڈال کر چاول بگھار دیئے۔۔۔ مصالحہ بھی جھونک دیا اور جب چاول گلنے پر آ گئے اور دم پہ رکھنے کی نوبت آ گئی تو بوٹ کے تلے ہوئے ٹکڑے بھی اس میں ڈال دیئے۔!

"واہ واباجی۔" زینو دور سے ہی خوشبو سن کر دوڑی آئی "کیا خوشبودار پلاؤ پکایا ہے کہ قسم اللہ میری تو طبیعت ابھی سے کھانے کو چاہنے لگی۔

چنو بھائی ادھر سے گزرے تو انہوں نے بھی یہی بات دہرائی اب جناب ہماری خوشی کا ٹھکانہ نہ تھا۔۔۔ چوں کہ سارے کام ہماری 'لیڈر شپ" میں ہو رہے تھے اس لئے دستر خوان بچھوانے کا اہتمام بھی ہم نے کروایا۔ ہمارے سگھڑاپے پر چوں کہ میٹھا ہونے سے حرف آتا تھا، اس لئے ہم نے جھٹ پٹ نعمت خانے کا رخ کیا اور پنکی کے پینے کے لئے جو دن بھر کا دودھ رکھا تھا، اس کو اٹھا کر کھیر بنا دی۔!

اصولاً کھانا سات بجے تیار ملنا چاہئے تھا، مگر پھر بھی ہم ذرا نا سمجھ لوگ تھے اور

کام بہت بڑا تھا، اس لئے اچھے خاصے آٹھ ساڑے آٹھ بج گئے اور ایک سرے سے سارے گھر والے ہی بھوک بھوک چلانے لگے۔ چلئے بھئی ہم نے کسی نہ کسی طرح جلدی دستر خوان لگایا۔۔۔ بڑے سلیقے سے کھانا چنا اور سب مہمانوں کو کھانے کے کمرے میں چلنے کی "دعوت دی"

اس وقت خواہ مخواہ اپنی بڑائی کا احساس ہو رہا تھا کہ اتنے سارے لوگوں کا کھانا مجھ اکیلی نے پکایا ہے اور میں اس امیں میں سب کے سامنے کھڑی تھی کہ جیسے ہی نوالے مونہہ میں پڑیں اک دم تعریف کا شور مچ جائے۔ چنو بھائی اپنے دوستوں کے ساتھ کمرے میں داخل ہوتے ہوئے فرمارہے تھے۔

" بھئی آج ہماری بہن نے خاص طور سے ہمارے لئے بوٹ پلاؤ پکایا ہے۔" "تب تو ٹھاٹ ہیں اپنے۔" ان کے ندیدے دوست کورس میں بولے اور سب ہاتھ دھو کر دستر خوان کھول کر بیٹھ گئے۔ مگر ابھی چنو بھائی نے پلیٹ میں پلاؤ لے کر پہلا نوالہ مونہہ میں ڈالا ہی تھا کہ وہ جھک کر غور سے پلیٹ کو دیکھنے لگے۔

"یہ کیا پکا دیا ہے۔۔۔" وہ ذرا الجھ کر بولے۔ میں خوشی خوشی ذرا آگے بڑھ کر بولی "بوٹ پلاؤ۔۔۔ کیوں اچھا ہے نا۔"

وہ ذرا شرمندگی سے اپنے دوستوں کو دیکھتے ہوئے بولے۔

" تھو تھو۔۔۔ ایسا لگ رہا ہے مجھے مرا ہوا چوہا کھا رہا ہوں۔"

مجھے تن تنا کر غصہ آگیا" کتنی بار آپ نے مرے ہوئے چوہے کھائے تھے جو ان کا مزہ بھی معلوم ہے؟ اتنی محنت سے تو سارا دن لگا کر بوٹ پکایا اور ذرا دل نہیں رکھنا جانتے۔"

اب تک سب اپنی اپنی پلیٹوں میں پلاؤ لے چکے تھے اور ہر شخص "ریسرچ" کرتا نظر آرہا تھا، یعنی ہر ایک کی نگاہیں اپنی اپنی پلیٹ پر جمی ہوئی تھیں۔

"یہ ہرا ہرا کیا چمک رہا ہے بھئی اس میں" کوئی بدتمیز دوست بولا۔

میرا پارہ چڑھ گیا۔ "چنو بھائی نے تو کہا تھا کہ بوٹ ہرا ہونا چاہیئے۔۔۔ اسی لئے تو میں نے خاص طور سے ببلو کا ہرا بوٹ کاٹ کر پلاؤ پکایا ہے۔"

"ببلو کا ہرا بوٹ۔۔۔" چنو بھائی زور سے چلائے۔۔۔!

"اس میں اتنا چلانے کی کیا بات ہے۔۔۔؟ ہاں کمی آنے لگی تو آپ کا بوٹ بھی ڈال دیا۔۔۔ آپ کے دوست آرہے تھے نا۔۔۔؟"

"میرا بوٹ۔۔۔ ارے باپ رے مر گیا۔ پورے سولہ روپے آٹھ آنے کا اپنی جیب خرچ میں سے خریدا تھا رے اللہ۔۔۔" ایسا کہہ کر چنو بھائی دیوانہ وار اپنے کمرے کو بھاگے اور تھوڑی ہی دیر میں واپس آگئے ان کا مونہہ تو لٹکا ہوا تھا پھر میرا چہرہ دیکھ کر مجھ سے انہوں نے بدلہ لینے کی ٹھان لی ہو۔

"سنئے حضرات۔۔۔ میری بے وقوف بہن کا، اپنے بھائی کو اپنے ہاتھوں پکایا پکوان کھلانے کو جی چاہا تو جوتوں کا پلاؤ پکا کر رکھ دیا۔"

"کیا مطلب۔۔۔؟ کیا مطلب۔۔۔؟ کیا مطلب۔۔۔؟"

بس ہر طرف سے یہی ایک آواز آرہی تھی۔۔۔ اور چنو بھائی ہنسی کے مارے لوٹتے پوٹتے کسنائے جارہے تھے کہ کس طرح یاسمین کے بونٹ پلاؤ نے ان محترمہ کو بھی بونٹ پلاؤ پکانے کی ترغیب دی اور۔۔۔

تھوڑی ہی دیر میں یہ عالم تھا کہ میں جس کی طرف دیکھتی تھی، اسی کا مونہہ

ایک فٹ پھٹا ہوا نظر آتا تھا۔۔۔ ہی ہی، ہاہا، ہو ہو، کھی کھی، کھا کھا۔ کھو کھو۔۔۔ ایسے عجیب و غریب قہقہے میں نے اپنی عمر میں نہ سنے تھے، طرح طرح کے سر اور راگ سب کے گلوں سے نکل رہے تھے اور میں قہقہوں کی اس بارش میں بھیگ کر جیسے چڑیا بنی جا رہی تھی۔

بھئی اب۔۔۔ اتنے دن گذر جانے پر میں یہ سمجھتی ہو کہ اس میں ہمارا کیا قصور کہ اچھے بھلے کہرے چنے کو بونٹ کہا جائے۔۔۔؟ اور سچ بھی تو ہے کہ بوٹ کے معنی سوائے جوتے کے اور کیا سمجھے جا سکتے تھے۔

قصور تو چنو بھائی کا تھا، کیا ہو تا اگر ہری بھری یا پھر ہرا چنا کہہ دیتے۔۔۔؟؟ مگر نہیں صاحب انہیں تو ہمیں رسوا کرنا تھا۔

بہت دن بیت گئے ہیں مگر آج بھی ان قہقہوں کی زوردار بارش کا خیال آتا ہے تو جسم میں کپکپی پیدا ہونے لگی ہے!

٭٭٭

آل انڈیا خرگوش کانفرنس
رام لعل

پہلی اکتوبر کو ہمارے گوشی کی سالگرہ منائی جاتی ہے۔ بڑے دھوم دھام سے ننھے منے خرگوش مبارکباد دینے آتے ہیں اپنے ساتھ گوشی کے لئے تحفے بھی لاتے ہیں۔ ہری ہری گھاس، مولی کے بڑے بڑے پتے، گاجریں، مٹر، ساگ، سیب، انگور، کیلے اور بسکٹ بھی اور یہ سب چیزیں پلاسٹک کی بڑی خوبصورت تھیلیوں میں لائی جاتی ہیں۔ ان کو دیکھ کر خرگوش کی کیا حالت ہوتی ہے بس کچھ نہ پوچھئے۔ منہ میں پانی بھر آتا ہے اور مارے خوشی کے وہ اپنے لمبے لمبے کان بھی ہلاتے جاتے ہیں۔

پچھلے سال کی سالگرہ کا حال سنو! جو اتفاق سے آل انڈیا خرگوش کانفرنس بن گیا۔

ہم لوگوں نے اپنے گوشی کی سالگرہ پر اپنے ایک درجن دوستوں کو مدعو کیا۔ دعوت نامہ پر گوشی کی تصویر بھی شائع کی گئی تھی۔ ہمارے ہر دوست کے یہاں دو دو ایک ایک خرگوش ہیں۔ کسی کسی کے پاس تین تین اور چار بھی ہیں۔ انہیں لکھ دیا گیا کہ وہ اپنے ہمراہ سبھی خرگوش کو لے کر آئیں۔

ٹھیک پانچ بجے ہمارے گھر کے سامنے کئی گاڑیاں، رکشہ اور اسکوٹر جمع ہو

گئے۔ ان میں ٹکو، ٹینو، لکی، مینو، آکو، نیرو، ڈبو، پوگی، راجو، شیشو اور بے بی وغیرہ اترے۔ ان سب کی گود میں اپنے اپنے خرگوش تھے اور ہاتھوں میں تحائف کے بنڈل۔ وہی تحفہ جن کا ذکر اوپر ہو چکا ہے ان پیکٹوں پر ایک خرگوش کا نام بھی لکھا تھا۔ لکی کی طرف سے، پروفیسر کی طرف سے، مون لائٹ کی طرف سے، ڈکی اور وڈوڈ کی طرف سے وغیرہ وغیرہ۔

بڑے کمرے میں سارے خرگوش کو فرش پر چھوڑ دیا گیا۔ نرم نرم قالین پر پیارے پیارے ۲۰ خرگوش پہلے تو دوڑے پھرے اور پھر اچھل اچھل کر صوفوں پر چڑھ گئے۔ بڑی شان سے جم کر بیٹھ گئے۔ ہمارے گوشی پہلے ہی دیوان پر براجمان تھے۔ اس کے سامنے گلاب کے پھولوں کا ڈھیر لگا تھا۔ اس کا جی چاہتا تو تھوڑی تھوڑی دیر کے بعد ایک آدھ پتی منہ میں لے کر چبالیتا ورنہ بڑے مزے سے ناک سے سانس لیتا ہوا کان ہی ہلاتا رہا۔ اپنی اپنی لال آنکھوں سے جو کسی غصہ سے نہیں بلکہ قدرتی خوبصورتی کی وجہ سے ایسی تھیں موجود خرگوش کی جانب باری باری دیکھ رہا تھا۔

وہاں سے سارے بچے بھی ایک طرف کھڑے مسکرا رہے تھے۔ جب پولی نے اپنے خرگوش کی سالگرہ شروع ہونے کی اطلاع دی، سب بچوں نے اپنے اپنے خرگوش کے تحفے بیچو بیچ قالین پر کھ دیئے۔ تحائف دیکھ کر گوشی نے مسرت سے کان ہلا ہلا کر دیکھ لیا تھا وہ ان سب کا ممنون احسان ہو رہا ہے۔

پولی نے اس موقع پر ہری گھاس کے رنگ کا ایک بڑا کیک بنوا کے رکھ تھا اوپر سے تو گھاس ہی لگتی تھی مگر نیچے حقیقتاً بڑا لذیز کیک پوشیدہ تھا۔ کیک کے آس پاس

سات عدد موم بتیاں جلائی گئیں۔ گوشی کی یہ ساتویں سالگرہ تھی۔ وہ دوسرے تمام خرگوشوں میں زائد عمر کا تھا۔ سب بچوں کی تالیوں کی گونج کے ساتھ موم بتیاں بجھائی گئیں اور کیک کاٹا گیا۔ ایسا کرنے میں پولی نے گوشی کی مدد کی۔ پولی نے اسے گود میں اٹھا رکھا تھا۔ دوسرے خرگوش نے اس وقت کان ہلا ہلا کر اپنی مسرت کا اظہار کیا۔ ان سب میں کیک کے اوپر لگی گھاس تقسیم کر دی گئی کیک کے ٹکڑے بچوں نے بانٹ لئے۔

جب وہ سب کیک کھانے اور ایک دوسرے کو پیار کرنے میں مشغول تھے۔ اس وقت پولی کا بڑا بھائی بلو آگیا۔ بلو بہت شریر لڑکا تھا۔ سب بچے سہم گئے وہ ضرور کوئی شرارت کرے گا ہو سکتا ہے کہ ان کے خرگوش چھین کر بھاگ جائے۔ اس نے وہاں آتے ہی اطلاع دی۔

سارے بچے ایک طرف دیوار کے سہارے کھڑے ہو جائیں۔ آج خرگوشوں کی آل انڈیا کانفرنس ہو گی۔ اس میں سارے خرگوش اپنی اپنی مشکلات پر غور کریں گے۔ سب بچے دیوار کے ساتھ لگ کر کھڑے ہو گئے۔ بنو نے پھر کہا "آج کے اس مخصوص جلسہ کا صدر گوشی کو چنا جاتا ہے کیوں کہ وہی سب سے عمر میں بڑے ہیں" اس کے بعد گوشی کو گلے میں پھولوں کا ہار پہنایا گیا جسے اس نے کان جھٹک جھٹک کر اتار دیا۔ بلو نے ہار اس کے سامنے پھر ڈھیر بنا کر رکھ دیا۔

چونکہ ہر خرگوش الگ جگہ پر بیٹھا تھا بلو نے اس کے پیچھے ایک ایک بچے کو رہنے کا حکم دیا جب بچے اس کے حکم کے مطابق کھڑے ہو گئے تو بلو نے اپنی جیب میں سے کاغذ کے کئی پرزے نکالے۔ ہر کاغذ پر کچھ نہ کچھ لکھا ہوا تھا۔ اسی نے سب

بچوں کو ایک ایک کاغذ دیتے ہوئے کہا"ان پر خرگوشوں کی مانگیں لکھی ہوئی ہیں" ان کی رائے اور مانگیں بھی درج ہیں۔ اب سب بچے باری باری اپنا کاغذ پڑھ کر سنائیں گے۔

بچے اس تماشہ سے بہت خوش ہوئے اپنے خوش کہ بس کچھ نہ پوچھئے۔ نیرو نے پروفیسر کے پیچھے کھڑے ہو کر بلند آواز سے پڑھا۔ "ہم لوگوں کو پڑھنے لکھنے کے موقع نہیں ملتے ہیں جب تک ہمارے لئے اسکول اور کالج نہیں کھل جاتے تب تک ہمیں دنیا کی بڑی بڑی کتابیں کاٹ کاٹ کر کھانے کا موقع ضرور دیا جانا چاہئے۔"

مینو نے اپنے لکی کے پیچھے کھڑے ہو کر پڑھا۔ بھارت سرکار خرگوش کی ترقی اور بھلائی کے لئے لاٹری ٹکٹ جاری کرے جس کی آمد سے ایک الگ "خرگوش پردیش" قائم کیا جا سکے۔ اس میں کتوں اور بلیوں کو کسی بھی حالت میں گھسنے کی اجازت نہ ہو۔ صرف چھوٹے چھوٹے بچے ہم سے ملنے کے لئے ضرور آ سکیں"۔

یہ سن کر سارے بچوں نے زور زور سے تالیاں بجائیں۔ خرگوش نے بھی کان ہلا ہلا کر اس مانگ کا ساتھ دیا۔

اب ٹکی کی باری تھی۔ اس نے ہاتھ میں پکڑے ہوئے کاغذ کو پڑھنے سے پہلے اس پر ڈاکٹر کے دستخط کرائے اس کے بعد بولی "خرگوش کے لئے ایک الگ ہسپتال کا انتظام ہونا چاہئے۔ ہم ان ہسپتالوں میں نہیں جائیں گے جہاں دوسرے جانوروں کا بھی علاج ہوتا ہے۔ ان کی بدبو سے ہماری ناک پھٹتی ہے۔ اگر ایسا نہیں کیا گیا تو ہم بھوک ہڑتال کریں گے۔ گھاس اور پتے کھانا چھوڑ دیں گے۔"

اس پر بھی خوب قہقہے لگے۔

آخر میں پولی نے جلسہ کے صدر گوشی کی طرف سے ایک تقریر پڑھ کر سنائی۔ خاص باتیں اس طرح تھیں:

"میں نے آپ لوگوں کی مانگیں غور سے سنیں، کچھ سے میں اتفاق کرتا ہوں کچھ سے متفق نہیں ہوں۔ پھر بھی میں غور کروں گا۔ اگر آپ نے مجھ کو سچ مچ اپنا لیڈر چن لیا ہے تو میں آپ کی آواز انسانوں تک ضرور پہونچاؤں گا جو اس وقت ہمارے سب سے بڑے دوست ہیں۔ اب وقت نہیں ہے اور ہم سب کو بڑے زور کی بھوک لگی ہے۔ ان بچوں کو بھی بھوک لگی ہوئی ہے ہم سب تو ان تحائف پر ہی ٹوٹ پڑیں گے۔ مگر یہ ہمارے بچے کیا کھائیں گے مگر میری ناک کہتی ہے کہ ان سب کے لئے بھی برابر کے کمرے میں بڑا مزیدار کھانا لگایا جا رہا ہے ادھر سے خوشبو آنی شروع ہوگئی ہے خرگوش ایکتا زندہ باد۔

کھانے کی خوش خبری سن کر سارے بچے ساتھ والے کمرے کی طرف بھاگ کھڑے ہوئے۔ جاتے وقت وہ خرگوشوں کے کمرے کے دروازہ اور کھڑکیاں بند کرتے گئے تاکہ کوئی بلی کیا کتا ان پر نہ جھپٹ پڑے۔ خرگوش اپنے دانتوں اور پنجوں سے تحفے والے پیکٹ پھاڑنے میں لگے ہوئے تھے۔ بلو جس نے آج بچوں کے پروگرام کو بہت دلچسپ بنا دیا تھا۔ ہنستے ہنستے بچوں میں پلیٹیں اور چمچے بانٹتا پھر رہا تھا۔

※ ※ ※

دوستی

مناظر عاشق ہرگانوی

شبانہ اس گوریا کو پہچان گئی تھی۔ چھوٹی سی، ننھی منی پھر پھر اڑنے والی گوریا۔

شبانہ اسے روز دیکھتی۔ جب صبح اٹھ کر پڑھنے بیٹھتی تو وہ "چوں چوں" کر کے ایک خوبصورت سا گیت گاتی ہوئی کھڑکی پر آکر بیٹھ جاتی۔ شبانہ اسے دیکھ کر کہتی:

"اوہو، تو آپ آگئیں۔ میں نے کہا آداب عرض"

گوریا: "چوچو کر کے آداب عرض کا جواب دیتی۔ پھر ممی کے ڈریسنگ ٹیبل پر جاکر بیٹھ جاتی۔ پھدک پھدک کر آئینے میں اپنا چہرہ دیکھتی اور چونچ مار کر خود کو چومتی۔"

شبانہ کو ہنسی آجاتی۔ سوچتی، کتنی پاگل ہے گوریا۔ اپنے آپ کو دیکھ دیکھ کر خوش ہوتی ہے بچاری! اس کے گھر میں ڈریسنگ ٹیبل ہی کہاں ہوگا جو اپنا چہرہ دیکھتی۔

کبھی کبھی پھدکتی ہوئی وہ شبانہ کے بالکل قریب آجاتی۔ اس کی کتاب پر بیٹھ جاتی۔ تب بھی وہ "چوں چوں" کا گیت ہی گاتی رہتی۔ ایک دن شبانہ نے اسے ہاتھوں میں اٹھالیا تو وہ سہم گئی۔ شبانہ کے ہاتھوں میں گدگدی ہو رہی تھی۔ وہ سمجھ

گئی کہ گوریا ڈر رہی ہے۔ اس نے اس کی آنکھوں میں جھانک کر کہا:

"ارے گوریا رانی ڈرو مت، تجھے چھوڑ دوں گی۔ مجھے گانا سنائے گی نا؟"

اس نے اسے چوم کر چھوڑ دیا تھا اور گوریا پھدکتی ہوئی آئینہ میں جاکر اپنا چہرہ دیکھنے لگی۔

ایک دن بڑا ابرا ہوا۔ شبانہ چپ چاپ بیٹھی پڑھ رہی تھی اور سوچ رہی تھی کہ ابھی تک گوریا آئی کیوں نہیں؟ دھوپ کے پیسے روشندان سے گر کر ایک کونے میں بکھر گئے تھے۔ اسکول جانے کا وقت قریب آتا جا رہا تھا۔ یکایک "چوں چوں" کی آواز سن کر شبانہ چونک پڑی۔ گوریا آگئی تھی اور آداب عرض کر رہی تھی۔

"آج بڑی دیر کر دی۔ اب تک کیا کر رہی تھیں؟"

شبانہ نے اس سے پوچھا۔ اسی وقت اسے اس کا ٹوٹا ہوا پیر نظر آگیا۔ "ارے یہ چوٹ کیسے لگی؟ آؤ میں دوا لگا دوں۔" اور اس نے اسے کھڑکی پر سے اٹھالیا۔ اس دن گوریا بالکل نہیں ڈری۔ ہتھیلیوں پر آکر پھٹی پھٹی آنکھوں سے اسے دیکھتی رہی۔ وہ سمجھ گئی تھی کہ شبانہ اسے پیار کرتی ہے۔ وہ اسے نقصان نہیں پہنچا سکتی۔

شبانہ اسے ممی کے پاس لے گئی۔ ممی کسی کام میں لگی ہوئی تھیں۔ شبانہ نے کہا "دیکھو ممی، اس بچاری کو کتنی چوٹ لگی ہے۔ جانے کیسے؟"

ممی نے اسے دیکھا پھر ڈرائنگ روم میں آکر ٹنکچر کا پھاہا بنا کر لگا دیا۔ گوریا چپ چاپ دوا لگواتی رہی۔ دوا لگا کر ممی پھر کچن میں واپس لوٹ گئیں۔

شبانہ نے اس سے کہا "دیکھو میری ممی کتنی اچھی ہیں! خیر، اب جب تک تمہاری چوٹ ٹھیک نہیں ہو جائے تمہیں دوا لگوانے روز آنا ہو گا۔ اس میں ٹال مٹول

نہ ہو۔ ورنہ پریشانی اٹھاؤ گی۔"
گوریا نے اسے "تھینک یو" کہا اور ہتھیلی سے اڑ کر ڈریسنگ ٹیبل کے آئینے میں ذرا اپنا چہرہ دیکھ کر وہ اڑ گئی۔
کچھ دنوں تک گوریا روز آتی رہی۔ شبانہ اسے ٹنکچر کا پھاہا بنا کر لگا دیتی۔ وہ تھینک یو کہتی اور چلی جاتی۔ ایک دن جب وہ آئی تو مزے سے پھد ک پھد ک کر چل رہی تھی۔ اس کی چوٹ اچھی ہو گئی تھی۔ اس نے کھڑکی پر کھڑی ہو کر کہا تھا:
"تھینک یو ویری مچ، میری ننھی نرس۔"
شبانہ یہ سن کر پھولی نہیں سمائی۔ لیکن اسی دن شام کو شبانہ یکایک بیمار پڑ گئی۔ اسکول سے لوٹی تو بڑی تھکی تھکی سی معلوم ہو رہی تھی۔ پھاٹک کھولنے پر روز کی طرح اس نے اپنی ممی کے استقبال کا جواب مسکرا کر نہیں دیا اور نہ یہ بتایا کہ اسے سارے سوال صحیح حل کرنے پر پانچ میں پانچ نمبر ملے تھے۔ جی ہی نہیں کر رہا تھا کچھ بتاتی کیسے؟ ٹامی اچھل کر جب اس سے لپٹ کر پیار جتانے لگا تو اس نے دھتکار دیا ورنہ روز وہ اس کے گلے سے لپٹ جاتی تھی اور ڈانٹ پلاتی تھی۔ "آج میرے اسکول کیوں نہیں آیا مجھے لینے، دیکھ میں اکیلی آئی ہوں۔"
لیکن اس دن اس نے کچھ نہیں کہا۔ کسی طرح بھاری بستے کو اٹھائے ہوئے وہ برآمدے تک آئی۔ ممی نے چہرہ اترا ہوا دیکھا تو پوچھ بیٹھیں "کیا ہوا شبانہ" وہ بولی کچھ نہیں۔ صرف ممی سے لپٹ گئی۔ انہوں نے اسے چوما تھا اور چونک پڑی تھیں" ارے تیرا بدن تو تپ رہا ہے۔ بخار ہے تجھے"؟ ممی نے اس کی آنکھوں میں دیکھا، گیلی تھیں۔ وہ متفکر ہو گئیں۔ فوراً شبانہ کو کمرے میں لے جا کر لٹا دیا۔ پھر کمبل اوڑھا

کر اس کے پاپا کو آفس فون کیا اور جب تک وہ آتے، اس درمیان انہوں نے دودھ دیا اور اس کی گڑیا کو اس کے پاس لا کر لٹا دیا۔ شبانہ چپ چاپ ایک کروٹ پڑی رہی۔

پاپا آئے ان کے ساتھ ڈاکٹر انکل بھی تھے۔ انہوں نے شبانہ کو دیکھتے ہی کہا، "کیا ہوا ہماری شبانہ کو؟ ارے کچھ نہیں ہوا۔ دیکھیے نا کتنی خوش ہے رانی بیٹا۔ بس ذرا تھک گئی ہے۔" اور انہوں نے اس کے گلابی گالوں کو چوم لیا۔ پھر تھرما میٹر نکال کر بخار ناپا، کافی تھا۔ وہ تھوڑے فکر مند ہو گئے۔ بیگ سے دوا نکال کر دی۔ شبانہ نے ایک خوراک پیتے ہی منہ بنایا، دوا کڑوی تھی۔

پھر ڈاکٹر انکل دروازے پر جا کر پاپا کو بتانے لگے "فکر نہ کریں۔ معمولی بخار ہے، دوا دے دی ہے، ٹھیک ہو جائے گی۔ لیکن دیکھئے اس پر زیادہ "اسٹرین" نہ پڑے، جہاں تک ہو اس سے بات چیت کم کیجئے۔ کوئی اس کے پاس زیادہ نہ بیٹھے اور وہاں، دوا وقت پر دینے کا خیال رکھیئے گا۔" اور پھر گھوم کر ایک نظر شبانہ کو دیکھتے ہوئے وہ چلے گئے۔

اس دن کے بعد سے شبانہ بالکل اکیلی رہ گئی۔ تپتا ہوا بدن لیے چپ چاپ پڑی رہتی۔ اسکول کی کتابیں پڑھنے کو ڈاکٹر انکل نے منع کر دیا تھا۔ کھلونے سے بھی کب تک کھیلتی۔ تھک جاتی تو انہیں ایک طرف پٹک کر لیٹ رہتی۔ دائیں طرف اسٹول پر رکھی دوا کو دیکھ کر اسے گھبراہٹ ہوتی۔ اف کتنی کڑوی دوا ہے، وہ سوچتی، ممی جب بھی آتیں، اسے دوا پلاتیں، موسمی کا رس دیتیں اور جاتے وقت اس کے منہ چوم لیتیں، پھر کہتیں "لیٹی رہنا شبانہ" اچھی ہو جاؤ گی تو تمہارے لیے ایک بڑھیا

فراک بنوادوں گی۔"

شبانہ بدبداتی " تھینکس ممی"! اور انہیں جاتے ہوئے دروازے کے دوسری طرف دیکھتی رہتی۔ پاپا شام کو آتے اور اپنے ساتھ غبارے لاتے۔ لیکن افسوس کوئی بھی اس کے پاس دیر تک نہیں بیٹھتا اور تو اور وہ باتیں کرنے والا رامو چاچا بھی جب کمرہ جھاڑنے آتا تو صرف اتنا ہی پوچھتا "کیسا جی ہے شبو بیٹا؟" وہ کہتی اور رامو چاچا ہنس دیتا۔ پھر وہ جانے لگتا تو شبانہ کہتی بیٹھو نا رامو چاچا، مجھ سے باتیں کرو۔"

کروں گا، ضرور کروں گا" اپنی بیٹا سے باتیں۔ اچھی ہو جاؤ۔ تم پھر ہم چڑیا گھر بھی چلیں گے۔" اور وہ انگوچھا کاندھے پر ڈالتا ہوا باہر چلا جاتا۔

شبانہ کو گوریا کی یاد آجاتی، کتنے دن ہو گئے، نہیں آئی۔ کوئی گانا بھی نہیں سنا اس کا۔ ایک دن اس کی طبیعت کچھ اچھی تھی۔ گڑیوں سے الگ ہو کر وہ روشندان کی طرف دیکھ رہی تھی۔ تبھی اس پر گوریا آ بیٹھی۔ شبانہ اسے فوراً پہچان گئی۔ گورا بھی اسے دیکھتے ہی گانے لگی۔ شبانہ روٹھ گئی۔

"چپ، میں تم سے نہیں بولتی۔ میں بیمار ہوں اور تو مجھے دیکھنے تک نہیں آئی۔ کہاں تھی اب تک؟"

گوریا اڑ کر اس کے پلنگ کے پائینتی اور اس کی طرف اس طرح دیکھنے لگی، جیسے کہہ رہی ہو "مجھے معاف کر دو، شبانہ سچ مجھے پتا نہیں تھا۔ میں تو جانے کب سے تمہیں کھوج رہی ہوں۔ تمہارا اس کمرے میں "ٹرانسفر" ہو گیا، لیکن مجھے معلوم ہی نہ تھا۔ وہ تو کہو میں یکایک روشندان پر آ بیٹھی جو تم نظر آ گئیں۔"

شبانہ اسے دیکھتی رہی، پھر بولی، خیر۔ لیکن اب آجایا کرو۔ تم ہی تو میری

دوست ہو میرے پاس کوئی نہیں آتا۔ ممی اور پاپا بھی اب بہت کم آتے ہیں۔ میں دن بھر اکتا جاتی ہوں تم آکر میرا دل بہلایا کرو۔

اس دن گوریا تھوڑی دیر تک گیت گا کر چلی گئی۔ لیکن اس کے بعد وہ روز آنے لگی۔ ممی کے دوا پلا کر جانے کے بعد وہ روشندان سے اڑ کر پلنگ پر آ بیٹھتی اور گانے لگتی۔ تھوڑی دیر بعد پھر سے اڑ جاتی۔ پھر دن میں کئی بار آتی اور جاتی۔ شبانہ کا جی بہلا رہتا۔

ایک دن اس نے دیکھا، گوریا کے ساتھ ایک اور گوریا آئی، وہ دونوں تھوری دیر تک ادھر ادھر دیکھتی رہیں۔ پھر چلی گئیں۔ پھر وہ تھوڑی دیر پر آتی رہیں۔ شبانہ نے دیکھا کہ ان کی چونچ میں روئی، لکڑی اور ٹکڑے اور تنکے دبے رہتے تھے اور وہ اسے لے جا کر وارڈروب پر رکھ رہی تھیں۔ شبانہ سمجھ گئی کہ وہ اپنا گھونسلہ بنا رہی ہیں اور ان میں ایک نر گوریا ہے، وہ بہت خوش ہوئی اس نے سوچا چلو، اب ان کو کہیں جانا نہیں ہو گا۔ یہ یہیں رہیں گے۔ پھر کتنا اچھا ہو گا جب ان کے پاس کوئی بے بی گوریا آئے گی۔ یہ اسے مل کر پھد کنا، اڑنا اور چگنا سکھائیں گے اور وہ اسے دیکھا کرے گی۔

جب گھونسلا بن چکا تو گوریا اور مسٹر گوریا دونوں اس کے پاس آکر گیت گانے لگے۔ جب شبانہ سو جاتی تو دونوں لنچ کے لئے باہر چلے جاتے اور جب وہ جاگتی تو اسے گیت سناتے۔ رات میں وہ اسے "گڈ نائٹ" کہہ کر اپنے گھونسلے میں جا چھپتے۔ اسی طرح کتنے ہی دن گزر گئے۔ اب شبانہ کی طبیعت ٹھیک ہو رہی تھی۔ لیکن بخار نے ابھی پوری طرح پیچھا نہیں چھوڑا تھا۔

ایک دن دوپہر کے وقت اچانک اس کی آنکھ کھل گئی۔ اس نے دیکھا رامو چاچا وارڈروب کی صفائی کر رہا ہے اور دھیرے دھیرے وہ ان کے گھونسلے کی طرف بڑھ رہا ہے۔ روشندان پر گوریا اور مسٹر گوریا سہمے ہوئے اس کی طرف دیکھ رہے تھے۔ شبانہ سمجھ گئی کہ وہ ڈر رہے ہیں کہ اب ان کے گھونسلے کو باہر پھینک دیا جائے گا اور ان کی ننھی بے بی اڑ کر بھاگ نہ سکے گی۔

رامو چاچا گھونسلے کے پاس ہی تھا کہ شبانہ چلائی:

"ارے مت چھوؤ، رامو چاچا، وہ میرے دوست کا گھر ہے۔ میں نے انہیں یہاں بنانے کی اجازت دی ہے۔"

"اچھا بیٹی اچھا۔" وہ سیڑھی سے نیچے اتر آیا، پھر بولا "پہلے کیوں نہیں بتایا شبانہ بیٹا کہ یہ تمہارے دوست ہیں۔"

جب رامو چاچا چلا گیا تو دونوں گوریا اڑ کر پلنگ پر آ بیٹھے۔ شبانہ نے محسوس کیا جیسے وہ کہہ رہے ہوں "تھینک یو۔"

شبانہ نے اور غور سے سنا۔ وارڈروب سے ہلکی ہلکی "چیں چیں" کی آواز آ رہی تھی۔ ضرور بے بی گوریا بھی "تھینک یو" کہہ رہی ہو گی۔)

***

چڑیوں کے پنکھ

انجم قدوائی

لوک کہانی

ایک بادشاہ تھا۔ اس کی سات لڑکیاں تھیں۔ وہ ان ساتوں سے بیحد محبّت کرتا تھا اور ان کے ہر آرام کا خیال رکھتا تھا۔

ایک بار جب دستر خوان سجا ہوا تھا وہ سب لوگ ساتھ کھانے پر بیٹھے تھے بادشاہ نے اپنی بیٹیوں سے ایک سوال پوچھ لیا۔ کہ تم لوگ مجھے کتنا چاہتی ہو۔

بڑی شہزادی نے کہا" بابا! میں آپ کو گلاب جامن کی طرح چاہتی ہوں"۔ بادشاہ نے خوش ہو کر اس کو چار گاؤں دے دیئے۔

دوسری نے کہا" میں آپ کو برفی کی طرح چاہتی ہوں"۔ بادشاہ نے اسُ کو کافی بڑا اعلاقہ بخش دیا۔

تیسری لڑکی نے کہا" میں آپ کو امرتی کی طرح چاہتی ہوں۔۔۔ اس کو بھی بادشاہ نے بہت زمین جائید اد دے دی۔

اسی طرح وہ سب سے پوچھتا گیا اور سب کو مال ودولت ملتی رہی۔ ساتویں لڑکی سے جب بادشاہ نے پوچھا بیٹی تم مجھے کتنا چاہتی ہو تو اس نے بہت پیار سے کہا۔

"بابا میں آپ کو نمک کے برابر چاہتی ہوں۔ یہ سن کر بادشاہ کو جلال آگیا'۔ کہنے لگے "سب مجھے اتنا چاہتے ہیں تم نمک کے برابر؟؟" وہ بہت ناراض ہوئے اور چھوٹی بیٹی کو محل سے نکال دیا اور کہا اب کبھی یہاں قدم نہ رکھنا۔

وہ جنگل کی طرف چلی گئی اور پتوں اور لکڑیوں کو ملا کر ایک جھوپڑی بنا کر وہاں رہنے لگی۔ بھوک لگتی تو پھل کھالیتی سوکھے پتوں کا بستر بنا کر سو جاتی۔ ایک دن جب وہ سو کر اٹھی تو دیکھا کہ رنگ برنگی چڑیوں کے پر ہر طرف بکھرے پڑے ہیں اس نے ان پروں کو جمع کیا اور ایک چھوٹی سی پنکھیا بنالی۔ (چھوٹا پنکھا جو ہاتھ سے جھل سکتے ہیں) اور گرمی میں اسی پنکھیا سے ہوا کر لیتی تھی پھر دوسرے دن اسکو اور پر مل گئے اس نے بہت سارے پر اکٹھا کیئے اور کئی پنکھیا بنالیں اور جنگل کے کناری سڑک کے پاس جاکر بیٹھ گئی اپنا چہرہ چادر سے ڈھانپ لیا۔ لوگ آتے گئے اور پنکھیاں خرید تے گئے اتنی خوب صورت پنکھا انھوں نے کبھی نہیں دیکھا تھا۔ اب تو بھیڑ سی لگی رہتی۔

ایک بار ایک شہزادے کا ادھر سے گزر ہوا اس نے اتنے خوبصورت پنکھے کبھی نہیں دیکھے تھے سارے خرید لیئے پھر شہزادی سے پوچھا تم کون ہو۔

اس نے کوئی جواب نہیں دیا اس کے خوبصورت ہاتھ بتا رہے تھے کہ اس نے کبھی کام نہیں کیا تھا پنکھیا بنانے میں اس کی انگلیاں زخمی تھیں۔

شہزادہ اس کے پیچھے جنگل آگیا اور جب اس کو پتہ چلا کی وہ شہزادی ہے اور سزا کاٹ رہی ہے تو بہت غمزدہ ہوا۔

وہ اپنی سلطنت پر واپس گیا اور والدین سے سارا ماجرا کہہ سنایا۔ ان لوگوں کو

بھی دکھ ہوا اور وہ اپنے بیٹے کی بارات جنگل لے کر آ گئے۔ دونوں کی شادی ہو گئی مگر شہزادی اپنے والد کو بہت یاد کرتی تھی وہ خوش نہیں رہتی تھی۔

ایک دن اس نے شہزادے سے کہا کہ وہ اپنے والدین کی دعوت کرنا چاہتی ہے اور ان سے ملنا چاہتی ہے۔

شہزادے نے زبردست دعوت کا انتظام کیا اور بادشاہ کو دعوت دی۔

شہزادی نے کہا سارا انتظام آپ دیکھیے مگر اپنے والدین اور بہنوں کے لیئے کھانا میں خود تیار کروں گی۔

سارے مہمان آ گئے کئی دستر خوان ایک ساتھ لگے اور بادشاہ اور شہزادیوں کے لیئے اندر انتظام کیا گیا۔

وہ جب کھانا کھانے بیٹھے تو ان کی بیٹی سامنے آکر بیٹھ گئی۔ اس نے نقاب پہن رکھا تھا۔

جب بادشاہ نے پہلا نوالہ لیا تو کھانے میں نمک نہیں تھا۔ دوسری ڈش نکالی۔۔۔ وہ بھی بغیر نمک کے تھی تب ان کو بہت غصّہ آیا کہ مجھے بلا کر یو بغیر نمک کا کھانا کھلایا گیا۔ تب چھوٹی شہزادی نے اپنی نقاب ہٹائی اور کہا۔

"بابا۔۔۔ میں آپ کو نمک کے برابر چاہتی ہوں۔۔۔ یہی کہا تھا میں نے۔ نمک کے بغیر کسی چیز میں لذّت نہیں ہوتی۔"

بادشاہ چونک اٹھا۔۔۔ پھر اس نے آگے بڑھ کر بیٹی کو گلے لگا لیا اور اسُ کی آنکھیں بھر آئیں۔ بیٹی سے معافی مانگی تو شہزادی نے کہا۔

"کوئی بات نہیں بابا۔۔۔ اللہ تو سب کا ہے۔ آپ پریشان نہ ہویئے میں اب

بہت خوش رہتی ہوں۔"

بہنوں نے بھی معافی مانگی اور گلے لگایا۔۔۔ اور شہزادی نے سب کو کھلے دل سے معاف کر دیا۔ مگر ان سب کو احساس دلا دیا کہ وہ غلطی پر تھے۔

❋ ❋ ❋

میلی کتاب کی اجلی کہانی

سلمٰی جیلانی

"سلام بی بی، امارا نام زرمینہ ہے اور ام ادھر سے آیا اے۔۔۔" فائزہ کے سامنے کوئی آٹھ نو برس کی شربتی آنکھوں والی بچی کھڑی کالونی کے آخر میں موجود کچی بستی کی طرف اشارہ کر رہی تھی اور رسان سے اپنا تعارف کرانے کے بعد اسے پر شوق نظروں سے تک رہی تھی۔ اس کے کاندھے پر بڑا سا میلے کچیلے کاغذوں سے بھرا ہوا بدرنگ ٹاٹ کا تھیلا تھا اور ہاتھ میں ایک میلی سی کہانیوں کی کتاب جس کے صفحے پھٹے ہوئے تھے۔ صاف ظاہر ہو رہا تھا کہ اس نے کسی کچرے کے ڈھیر سے ہی اٹھائی تھی۔

صبح کا اجالا پوری طرح سے پھیل چکا تھا فائزہ گھر کے گیٹ پر اسکول جانے کے لئے بالکل تیار کھڑی تھی اس کی وین کسی وقت بھی آ سکتی تھی، اس کا دھیان آج اسکول میں ہونے والے تقریری مقابلے کی طرف تھا وہ دل ہی دل میں اپنی تقریر کے جملے دہرا رہی تھی کہ ایسے میں اچانک اس اجنبی لڑکی کی بے وقت کی مداخلت گراں گزری۔ وہ جھنجلا کر بولی۔ "دیکھو اس وقت میں تمہاری کوئی مدد نہیں کر سکتی اگر تمہیں روٹی چاہیے یا ردی اخبار تو دن میں کسی اور وقت آنا۔۔۔ امی بھی مصروف ہیں تم جاؤ" یہ کہتے ہوئے وہ ادھ کھلے گیٹ کو کنڈے سے بند کرنے لگی مگر بچی کا ایک

پاؤں گیٹ کے اندر ہونے کی وجہ سے ایسا نہ کر سکی وہ بچی جو اپنا نام زرمینہ بتا رہی تھی لڑکھڑا سی گئی لیکن جلد ہی سنبھل کر اپنے ہاتھ میں دبی کتاب فائزہ کے آگے کرتے ہوئے بولی۔۔۔ "نہ نہ بی بی ام کچھ نئیں مانگتا، تم یہ کہانی سناؤ جو اس کتاب میں لکھی ہے" اس نے پھٹے کاغذوں والی کتاب فائزہ کے ہاتھ میں تھمانے کی کوشش کی، فائزہ ٹھٹھک کر پیچھے ہو گئی اور ناک سکوڑتے ہوئے بولی "ارے ارے یہ کیا کر رہی ہو۔۔۔ اتنی گندی کتاب میں کیوں پڑھوں؟"

زرمینہ نے حیرت سے فائزہ کے چہرے کی طرف دیکھا اور پیار سے کتاب کے صفحات پر ہاتھ پھیرتے ہوئے بولی۔

"یہ گندی کتاب تو نئیں۔۔۔ دیکھو کتنے پیارے کپڑے پہنے کوئی پری ہے، اس کے سر پر تاج بھی ہے" اس نے کتاب میں بنی ہوئی ایک تصویر کی طرف اشارہ کیا جو واقعی میں کبھی بہت خوبصورت رہی ہو گی لیکن اب تو اس پر طرح طرح کی غلاظت چپکی ہوئی تھی، زرمینہ نے بے تابی سے صفحہ پلٹا۔۔۔ "اور۔۔۔ اور یہ دیکھو، کتنا پیارا باغیچہ ہے۔ پھولوں کی جگہ ستارے اگ رہے ہیں ضرور کوئی مزے کی کہانی ہے۔"

فائزہ نے اس کی بے تابی اور خوشی کو نظر انداز کرتے ہوئے ایک بار پھر اسے جھڑکا "ہو گی۔۔۔ مجھے کیا۔۔۔ پتا نہیں کون ہو تم اور کہاں سے یہ غلیظ کتاب اٹھا لائی ہو۔۔۔ ہٹو سامنے سے مجھے اسکول کو دیر ہو رہی ہے" یہ کہتے ہوئے امی کو آواز دی۔۔۔ فائزہ کی امی جو اسے کھانے کا ٹفن دینے پہلے ہی وہاں آن کھڑی ہوئی تھیں۔۔۔ تحمل سے بولیں۔

"ارے فائزہ تو اس میں اتنا ناراض ہونے کی کیا بات ہے" زرمینہ نے انہیں مہربان دیکھا تو جلدی سے کتاب لے کر ان کے پاس پہنچ گئی اور وہی سب کچھ دوبارہ

سے دہرانے لگی۔۔۔ ابھی اس کی بات پوری نہ ہوئی تھی کہ فائزہ کی اسکول وین کے تیز ہارن نے ان سب کو چونکا دیا۔ امی نے اس بچی زرمینہ کو کسی اور وقت آنے کی ہدایت کی اور فائزہ کو وین میں بیٹھنے میں مدد کرنے لگیں۔

سہ پہر کو فائزہ اسکول سے گھر آئی تو اسے برآمدے سے امی کی آواز سنائی دی۔۔۔ ارے یہ تو اس کی پسندیدہ کہانی تھی۔۔۔ جو بچپن میں ہر رات وہ سونے سے پہلے سنا کرتی تھی۔۔۔ وہ بھاگ کر برآمدے میں پہنچی تو اس نے دیکھا کہ زرمینہ برآمدے میں تخت کے ساتھ بچھی بید کی کرسی پر براجمان تھی اس کے ساتھ دو اور چھوٹے بچے بھی تھے اب کے ان کے چہرے میل کے دھبے ہونے کے باوجود خوشی سے جگمگا رہے تھے۔۔۔ تخت پر امی بیٹھی تھیں اور کہانی سنانے میں اتنی منہمک تھیں کہ انہیں فائزہ کے آنے کا پتہ ہی نہ چلا۔۔۔ فائزہ خاموشی سے اپنا بستہ ایک طرف رکھ کر ان کے پاس ہی بیٹھ گئی۔۔۔ "ہاں تو بچو! اس باغ میں پھولوں کی جگہ ستارے اگتے تھے اور جھیل میں شربت کی طرح میٹھا پانی۔۔۔ یہ سب بچوں کی ہنسی کی وجہ سے ہوتا۔۔۔ جب بچے خوش ہوتے۔۔۔ لیکن جب کبھی بچے اداس ہو جاتے تو باغ میں اندھیرا چھا جاتا اور جھیل کا پانی کڑوا۔" فائزہ کی امی نے کہانی سناتے ہوئے بچوں کے چہروں کی طرف دیکھا۔۔۔ انہیں فائزہ، زرمینہ اور اس کے دونوں چھوٹے بھائیوں کے چہرے بھی ستاروں کی طرح دکھائی دیئے۔۔۔ امی نے میلی کچیلی کتاب کا صفحہ پلٹا اور کہانی آگے بڑھ گئی۔

***

آزادی کا گمنام سپاہی بطخ میاں

ناصرہ شرما

جاڑے کی رات۔ کھانا ختم ہوا۔ لحاف کے اندر دادی نے جب اپنے پیر گرم کیے تو انہیں گھیر کر سارے بچے بیٹھ گئے اور کہانی سنانے کا اصرار کرنے لگے۔ دادی نے سب سے چھوٹے پوتے کو گود میں بٹھایا اور ہمیشہ کی طرح کہا بیچ کہانی میں کوئی نہیں بولے گا۔

جی دادی۔۔۔ کئی آوازیں ایک ساتھ گونجیں اور دادی نے اپنے خاص انداز سے قصہ کہنا شروع کیا۔۔۔ ایک تھا ایک نہیں تھا خدا کے علاوہ کوئی نہ تھا۔

آج سے بہت سال پہلے ایک بطخ میاں ہوا کرتے تھے۔ ابھی دادی نے اتنا ہی کہا تھا کہ کچھ بچوں کی ہنسی چھوٹ گئی۔ دادی نے انہیں گھورا اور کہانی آگے بڑھائی۔

بطخ میاں انصاری کہنے کو انگریزوں کے خانساماں تھے۔ مگر وطن کی محبت سے ان کا دل لبریز تھا۔ وہ مشرقی چمپارن کے سسواں گاؤں کے رہنے والے تھے۔ انہوں نے اپنی جان کی بازی لگا کر مہاتما گاندھی کی جان بچائی تھی۔ یہی ان کا سب سے بڑا کارنامہ تھا۔

وہ کیسے دادی جان؟ چھوٹی چمپا بول اٹھی۔ سب نے ڈر کر دادی کو دیکھا مگر

دادی جان کو غصہ نہیں آیا اور انہوں نے بڑے پیار سے چمپا کو دیکھ کر کہا۔

یہ قصہ ہو گا 15 اپریل 1917 کا جب مہاتما گاندھی انگریزوں اور مل مالکوں کے ذریعہ کسانوں پر ڈھائے جا رہے ظلم کا جائزہ لینے کے لیے چمپارن آئے تھے۔ مہاتما گاندھی کی مقبولیت دیکھ کر انگریز گھبرا گئے اور انہوں نے گاندھی جی کو قتل کرنے کی سازش رچ ڈالی۔ انگریز کلکٹر نے بطخ میاں کو حکم دیا کہ وہ گاندھی جی کے دودھ میں زہر ملا کر انہیں پینے کو دیں۔ یہ حکم سن کر بطخ میاں کی تو جیسے جان ہی نکل گئی۔ ایک طرف مالک کا حکم دوسری طرف وطن کا پیار۔ بس بطخ میاں نے دل ہی دل میں فیصلہ لے لیا۔

"وہ کیسے دادی؟" امجد کا گلا ڈر سے سوکھ گیا اور وہ منع کرنے کے باوجود پوچھ بیٹھا۔

"تم لوگوں کو کہانی سننے کا جب سلیقہ نہیں ہے تو پھر کیوں سنتے ہو؟"

دادی خفا ہو گئیں۔ اس طرح مزہ کرکرا ہوتا دیکھ کر سب نے امجد کو گھورا۔ امجد شرمندہ ہوا منہ ٹکا کر بیٹھ گیا۔

"کہانی کا لطف لو، صبر کرو۔۔۔ ہر چیز میں جلدی۔۔۔" دادی کا موڈ خراب ہو چکا تھا۔

"دادی۔۔۔ مجھے معاف کر دیں۔۔۔" امجد نے دادی کو منایا۔ کچھ دیر دادی چپ رہیں پھر کہنے لگیں۔

"بطخ میاں نے مالک کا حکم مانا اور دودھ میں زہر ملا دیا اور جب گاندھی جی دودھ پینے کے لیے گلاس اٹھانے لگے تو بطخ میاں نے اصلیت گاندھی جی سے کہہ دی۔ یہ

سن کر مہاتما گاندھی نے گلاس الٹ دیا۔ دودھ پھیل گیا۔ انگریزوں کو سمجھتے دیر نہ لگی کہ یہ حرکت بطخ میاں کی ہے۔ اس وقت وہاں ڈاکٹر راجندر پرساد بھی موجود تھے۔ جو بعد میں صدر جمہوریہ ہند بنے۔ بطخ میاں سے ناراض انگریز کلکٹر نے انہیں جیل میں ڈال دیا۔ اور مقدمہ چلا کر ان کی ساری زمین وجائیداد نیلام کر دی اور انہیں اور ان کے خاندان کو بھوکا تڑپنے کے لئے چھوڑ دیا۔" دادی اتنا کہہ کر کچھ پل ٹھر کیں۔ سب نے پہلو بدلا۔ پھر ٹھنڈی سانس لے کر بولیں۔ "زمانہ بدلا ہمارے غلام ملک کو آزادی ملی۔ جب ڈاکٹر راجندر پرساد آزاد ہندوستان کے پہلے صدر منتخب ہوئے تو انہوں نے بدحال بطخ میاں کو 1950 میں 150 ایکڑ زمین دینے کے لیے بہار حکومت سے کہا تاکہ وہ آرام وسکون سے رہ سکیں مگر ایسا نہ ہوا اور 1957 میں بطخ میاں کا انتقال ہو گیا۔ سسواں اجگری گاؤں میں ہی ان کا مزار ہے۔"

اتنا کہتے کہتے دادی نے آنکھوں میں بھرے آنسوؤں کو پونچھا۔ سب نے ایک دوسرے کو دیکھا۔

ننھے دلوں میں سوال اٹھ رہے تھے۔ مگر دادی کی اداسی دیکھ کر کسی کی ہمت زبان کھولنے کی نہیں پڑ رہی تھی۔ دادی نے ٹھنڈی سانس بھری اور جسے داپنے سے کہا ہو۔

"یہ گمنام مجاہد آزادی گمنام ہی رہا۔ اس نے کسی لالچ میں اپنا فرض نہیں پورا کیا تھا۔ وہ تو وطن کی محبت کا جذبہ تھا بعد میں چمپارن کے یورپی نیل کاشتکاروں کے خلاف کسان تحریک میں وہ تنم بار جیل گئے اور جو بھی پاس بچا تھا اس کو بھی گنوانا پڑا۔"

کچھ دیر خاموشی چھائی رہی۔ دادی کے چہرے پر معصوم نظریں ٹکی تھیں۔ دادی نے محسوس کیا اور ہلکی سی مسکرائیں اور بولیں۔

"فداکاری رنگ لائی ہے۔ آج برسوں بعد ہم انہیں یاد کر رہے ہیں یہی کیا کم ہے" دادی کے اس جملے کو سن کر امجد کو محسوس ہوا کہ وہ اس فداکاری کی کہانی کو اپنے ساتھیوں کو سنائے گا اور دل ہی دل میں یہ فیصلہ لیا کہ وہ اپنے وطن کے لیے بطخ میاں انصاری کی طرح ہی کوئی بڑا کام انجام دے گا جس سے لوگ اسے موت کے بعد بھی یاد کریں۔

❋ ❋ ❋